明　眸

潘习龙　柯　米　著

中国人民大学出版社
· 北京 ·

生命化诗(代序)

潘习龙

爱情是人类的通用语言,爱情是一切生物的通用语言,爱情诗,总能触及心灵中最柔软的地方。

几个月前,我乘机时遇到强烈气流,在高空颠簸。不知哪根神经出了毛病,突然有了写爱情诗的冲动。一口气写了三百首,从中挑选百余首,于是有了《明眸》。

你见过两人合著一部长篇小说的,或许从没见过两人合写一首诗的。柯米,一家小医院的小职员,读书不多,诗感极强。很多诗都是我与她共同创作提炼而成。她多次找我,不愿署名。我执意把她的名字署上,因为没有她,就没有你面前的这本诗集。

写诗对身体的伤害是巨大的。没有超级的天赋外加超棒的身体,别趟这浑水。诗人大抵短命。写诗是生命的核爆炸,把生命当火炬擎在手上。激情瞬间迸发,瞬间消失。徐志摩乘飞机遇难,不是飞机炸死了他,而是他炸死了飞机。普希金不是被情敌杀死,而是被上帝召唤而去。

诗集出版之后,我争取把诗戒掉,如戒烟戒酒一样。争取,但不一定成功。我是一个爱自己胜过爱地球的人,没有柯米"把生命的最后一口气化作诗句"的视死如归精神。

还想苟活几年,且看世间热闹……

目录

卷一　明眸

卷二　梦

卷三 守望树

卷四 相思花

卷五　这样跟着就好

卷六　伤不起

卷七　为了你

卷八 小街的咖啡屋

卷九 囚徒

卷十 爱的全部

卷一　明眸

明眸

大红的灯笼
挂在老店的额头
秋风中
执着的红透

梦幻的小人儿
走在
沾露的巷首

无心的衣角
划过
有心人的温柔

如水的明眸
溅起痴痴的等候
脉脉地牵动
心头的颤抖

红豆

无意
捡到一粒红豆
把它刻成你的模样
挂在床头

从此
总爱在人群中穿梭
只为再邂逅
那迷人的回首

从此
总爱凝视各色脸庞
只为再触碰
那动人的明眸

来年
把红豆种在花盆里
等到收获的时候
或许
你会路过我家门口

邂逅

独自徘徊在街头
为了一场期待的邂逅
我的爱情向你点头
我的世界向你挥手
献上一地球的玫瑰都嫌不够

心碎你那淡淡的忧愁
沉醉你那羞涩的低头
撑起一把心伞
为你遮挡寒暑气候
你的倩影
在我的心灵画册中
永存
保留

回味邂逅

伫立在清凉的街头
回味那美丽的邂逅
你清瘦的身影
如一首诗如一棵柳
梦里依稀的别后
回荡你青涩的问候

幼稚的你能否感受
我的世界为你守候
你想永恒吗
我愿化作一尊石雕
你想解忧吗
我愿化作一杯美酒

等你

静候冰雪融化
查问杨柳吐芽
等你，从春天走来

聆听知了聒噪
期盼荷尖散花
等你，又是一夏

亲爱的人儿
快点来吧
我们手牵手
细数相思的红叶
远眺深秋的晚霞

别等

曾几何时
冰雪融化
曾几何时
杨柳吐芽
春天还没走远
鬓角生出华发

飞扬浮华
知了尽聒噪
挽留徒劳
荷尖已散花
潮起潮落
荼靡又一夏

向老情人挥手
假装很潇洒
孤灯独影
强咽变味苦茶
在无尽的月夜里
思念昨日的晚霞

路过

那天
你路过我的身边
我的生活就起舞翩翩
那天
你路过我的眼前
我的眼中就色彩鲜艳
那天
你路过我的心田
我的心间就意马心猿

等到有一天
我不再顾影自怜
也要去路过你的身边
等到有一天
我不再衣衫褴褛
也要去路过你的眼前
等到有一天
我不再穷困潦倒
也要去路过你的心田

遇见你是我的幸

平凡无知的我
平淡如水的活
幸运　没有放弃
幸福　不期而至

前世五百年求佛
让我今生遇见
遇见一个这么好的你

如果没有你
我依然自卑地抬不起头
如果没有你
我的天空何来彩虹
如果没有你
我不敢想　不敢想以后

有求必应的佛
让我遇见
这么好
这么好的一个你

懂你的人儿

轻吟少年的梦想
老成之后的沧桑
是你
在黑夜中划出一道亮光
是你
牵着我跌跌撞撞
撞进了这神圣的殿堂

在梦幻的城堡里
我彻底迷失了方向
顿时
顿时有了非分之想
你能否给我一张绿卡
让我的心不必再去流浪

你说，懂你的人儿
迟迟没有登场
你可曾想过
懂你的人儿
正依偎在你的身旁

我甘愿做一名侍女
为你煮酒沏茶
为你吟诗弹唱
为你摇旗站岗
总之，你就是
你就是我的大王

相逢是最好的礼物

也许
上帝可怜我
才派你来到这里
我才有幸遇见你

可是
我拿什么交换你的
每一次遇见
我只能为你献上一颗
卑微的心

在你的面前
我不想有所谓的秘密
我心甘情愿
做一个透明的人
让你看清
只为你跳动的那颗心

你说的每句话
我都当真
即使你收回你的诺言
我也要感谢
感谢今生的际遇
相逢是上帝恩赐的
最好礼物

目光有毒

你突然一声“嗨”
吓得我心跳
漏了半拍

如果是别人
我一定会生气
因为是你
我强压万分的惊喜

抬头
遇上你的目光
我的心跳
慌得像乱撞的小鹿

你的目光肯定有毒
我不敢再去碰
但毒瘾难戒
我又苦苦地追寻

你的目光肯定有毒
时而清醒时而糊涂
我愿浸泡在毒里
一生糊涂

学会呼吸

有你的空间
我只记得吸气
忘了呼气

你的靠近
好期待好害怕
不知道为什么

不敢深究答案
不想太早弄懂
不想
刚沉醉梦已醒

相信　很快
我们会相逢
在你的面前
我会展现更好的自己

每天清晨
我都在练习深呼吸
吸气呼气
吸气呼气
下次见到你
一定自如地呼吸

别样的风景

第一次遇见
也许
你的容貌已定格脑海
你的眼神已藏入眼底
只是我未发现

第一次交往
也许
你的率真已吸引了我
你的阳光让我眩晕
只是我未发现

平淡的人生
以为早已注定
不敢奢望美丽的邂逅
不敢期盼别样的风景

最大的惊喜
就是与你相遇
在别样的风景里

笑笑

只要你在场
我总是喜欢笑
这个笑笑
不是给大家的
只是单独给你的

只要你在场
我笑得很用心
人海茫茫
难得遇见一个你
除了笑笑
我不能给你什么

在别人眼里
我笑得很傻
没关系
我只在乎
在乎你的感受

只要你在场
我总是笑
这个笑笑
你应该能感受

道具

认识你
我开始写诗
你说
你是诗的道具
如画家面前的模特

我说
诗是你的道具
没有你
诗　只能孤独地死去

一缕灯光

一缕灯光
孤单透过你的窗
洒落一地　昏黄

慢慢靠近
慢慢靠近
一颗胆怯的心
浓缩成影　贴窗

里面的人儿
你可曾料到
灯下的人影　成双

独坐窗前小山岗
远远眺望
灯光依旧　昏黄

擦肩

匆匆那年
我在山顶
你在山脚
相隔那么远
只因看了你一眼
眼中不再有山

一步
两步
三步
我看着你
你看着风景

终究，我
美不过花草
美不过斜阳
美不过路上的美女
甚至美不过小黄雀

前世回眸
换来今生擦肩
希望能再次遇见

或许
几次擦肩
换回来世的
一段姻缘

因你放纵

遇见你以前
从今天到明天
从明天到后天
生活只有黑与白

遇见你之后
我幻想
坐在珠峰上写情诗
漂在爱琴海唱情歌
从此
生活有了七种颜色

今夜
一把熊熊的野火
从太阳烧到月亮
把黑夜烧得通红
因你
放纵

红月亮

怎么忍心责备
追蝶的猫儿
就像蜜蜂总是爱恋
甜蜜的花蕊
亲亲的小人儿
我爱你，如泛滥的洪水

别总是找出
太多的借口
你这弱小的力量
怎能将我挡住

不要再质疑
爱的疯狂
月亮爱上了太阳
一把野火把自己烧成
红月亮

偶尔的温柔

江水缓缓流过
映入眼底的
却是你
偶尔的温柔
偶尔　才有

轮船偶尔划过
江水才亲吻江堤
鱼儿偶尔跳跃
我才有借口驻足
偶尔　才有

有温暖　有珍惜
有铭记　有迷途
偶尔　才有

穿着人字拖
放逐自己的路
离开曾经的待过
我好想戒掉
戒掉你
偶尔的温柔

别轻易说，你爱

如果没喝酒
别矫情地说，你醉
如果没感觉
别违心地说，你爱

路边的野花
并不想被任意采摘
卑微的心门
也不能被随意打开
我不想当乞丐
让你施舍
虚幻的爱

如果不爱
别轻易地
别轻易地说
你爱

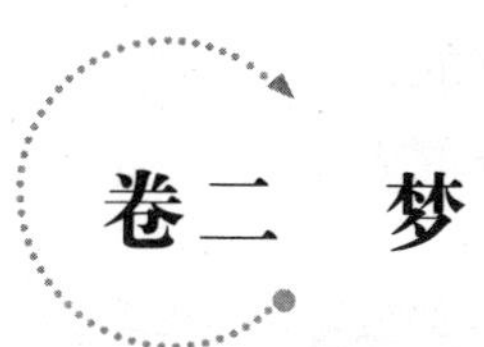

卷二　梦

我睡在童话里

昨夜
我睡在童话里
睡在你的怀里
我是你的天使

穿过星空的薄雾
飞向城市的尽头
合着心脏的节拍
感受胸口的温度

没有城堡和魔兽
没有王子和公主
月光拉上羞涩的帘
星星眨着迷醉的眼

我睡在童话里
睡在你的怀里
一切都是那么真实
在夜还没醒来的时候

筑梦

不能裁剪天边的晚霞
编织成你衣裙上的飘带
不能采摘夜空的星星
装饰成你皇冠上的明珠
只能牵着你的手
一起捕捉夏夜里的萤火虫

牧童的短笛
把一抹晚霞吹得紫红
袅袅炊烟
慢慢融入苍茫的大幕

看那
半山飞出几只
好客的萤火虫
忽儿明忽儿暗
忽儿西忽儿东
点亮了山间小路

今夜
我们是小屋的主人
在人迹罕至的山沟里
筑梦

梦境

你化作彩蝶
落在我的肩头巧笑
你的媚眼
让我的天空一片妖娆
细雨打断了
我主演的剧情
把我还原成
现实的龙套

梦境
过于美好
我紧闭双眼
再次向梦境奔跑
只是入梦的路
再也找不到

劝醒歌

你总是爱做梦
率真得像个小顽童
在你的面前
我也感觉很轻松

你痴痴地说
等老了
让我做你的女人
陪你一起去追风

你说得一脸的激动
我笑得淡淡的从容
我心里明白
那只是一个彩色的梦

来自不同的方向
去往不同的地方
我们只是偶尔相逢
仍然沿着各自的轨迹
行色匆匆

这里不是我永久的港湾
只求你给我一夜的收容
当东方发白的时候
远方响起了醒梦的钟

远方

厚厚的迷雾
挡住了远方
生命的裂缝
何时能透过阳光

悄悄地
把梦珍藏
悄悄地
把你珍藏
藏在心灵最柔软的地方

如此的渴望
渴望有一天能
破茧成蝶
飞向一个有你的远方

不远的远方

只敢偷偷地盼望
在你还没来的路上
航站楼里人来人往
我在人海中隐藏

你的脚步总是那么匆忙
我想跟上只是梦一场
烈日下早已丢了形象
只求看看你的模样

深深思念的忧伤
紧紧跟随的目光
你的脸庞
依然如儿时那么善良

有你的远方
再远也不叫远方
心之所向
在那个不远的远方

小女人

古典乐缓缓响起
你向我走来
不敢看你炙热的眼神
低下头犹豫不决

你的柔情似水
我无法抗拒
随着你的步调
你退我进　我退你进

曲终曲又起
你是魔法师
我是舞池里的精灵
随着你的魔法棒翩翩起舞

闭上双眼
享受你温暖的怀抱
享受今夜的良辰

此刻
我不再是女强人
只做你眼中心中的
小女人

如此坦白

渴望你的爱
又怕受伤害
我只能仰望天空
发着呆

不敢太坦白
很想你的爱
但我害怕
爱过之后
你的离开

不敢太坦白
不敢亮出那张牌
只要有你在
生活就会有精彩

不敢太坦白
鸟儿嘲笑我的悲哀
明明很爱
却深藏期待

童话故事里
不必说得太直白
我只能做到
如此坦白

半截梦

你说
我最近很反常
脾气急躁了
反应迟钝了
独自发呆了
你担心我生病了
你自说自话
我不作回答

这段时间
我一直在梦游
我渴望拥有
一个完整的美梦
你别说来说去
把我的梦吵醒
变成了恐怖的
半截梦

都怪你

一阵闹铃响起
你成了梦里最后的主角
我的梦
成了讨厌的
半截梦

都怪你
怪你创造的新名词
半截梦
今天居然成真

关掉闹铃
强迫自己再睡
我要寻找美梦的
下半场

不用告诉我

夜深深
别人的世界安静了
我　开始苏醒

不用告诉我
你在哪
我会偷偷潜入你的梦里

夜空下
我快乐得像个孩子
每个角落都有我
调皮的记号

不用告诉我
你在哪
我会悄悄地在你梦里玩耍

黑漆漆的夜里
真的不用告诉我
你在哪

我的白日梦

等你带我走
走遍每个地方的每个角落

等你带我跑
跑遍每个省的每个城市

等你带我飞
飞越每个城市的每个上空

等你带我看
看遍每个角落的每处风景

等你带我找回另一个
不一样的我

这是我的梦
我的白日梦

今夜仅此一集

呆呆地
望着白白的墙
目光变成了投影仪

笑了
你拥我说悄悄话
哭了
你说你今夜要走

离别
我流着泪接受
此时
我真的不想放手

嘘　别吵
你我主演的电视剧
正在上演
今夜
仅此一集

假装

细雨
弹奏着上帝的夜曲
只是伤感多了一点

小路上
情侣成双
我独自撑伞
假装
挽着你的手臂

客厅里
独自看电视
靠在一个抱枕上
假装
依偎在你的怀里

脑海里
播放儿时的记忆
假装
画面中有你

关灯上床
强迫自己忘了你
假装世界上没有你

假装
今夜没法假装

不后悔

追寻你的脚印
纵然你把我遗弃
没有干粮　没有水
我也不后悔

追寻你的脚印
纵然你嘲笑我
嘲笑我什么都不会
既然跟定了你
我就不后悔

追寻你的脚印
在曾经的点滴中
慢慢干涸
纵然死在黄沙中
我也不后悔

卷三　守望树

守望树

在孤独的世界里
不经意
被你撕开了矜持的面具
从此陷入
陷入到不该陷入的守望

昙花般的相遇
磐石般的忧郁
我含着泪默默地
默默地守望

几经洗面革新
几经刮骨疗伤
我终于明白
纵然让我脱胎换骨
终究还是
无法放弃
对你的守望

守望的幼苗
早已扎根心底
后悔第一次遇见
没有连根拔起
面对参天的守望树
我已无能为力

太阳的吻

太阳透过树林
地上印着一个个热吻
风过
卷着吻　逃走

急急地追逐
恨恨地诅咒
风儿　你这小偷

风静
回首
树下
吻依旧

风儿偷不走
太阳的吻
还有谁能偷走
你的吻

吻

昏暗的竹林里
你的唇
足以致命

闭上眼
碰到了
绝对碰到了
没有预谋
一切都是鬼使神差

麻麻的
酸酸的
香香的
暖暖的
甜甜的
五味俱全
踏上了浪尖
攀上了山巅

回家的路上
心里默默放歌
五岳归来
不看山哟

咬你

你说我是猫科动物
总喜欢咬你
我咬你
是两种力量的强烈对抗

咀嚼肌非常卖力
想把你咬痛
听到哎哟的叫声
证明一切都是真实的
真实的幸福已闪亮登场

牙齿顽强对抗
它只是轻轻揉摸
咬你只是假装
不会留下一点伤

曾经也有一次失常
牙齿没有把控力量
你的哎哟
直接刺穿了我的心房
你说那不是疼痛的哎哟
而是一次刻骨铭心的
幸福呐喊

与你同步

我站在月球上
你站在赤道旁
我要飞速拨动地球
让时光逆转岁月倒流
从此
你的鬓角不再染霜
你与我同样年轻
一样的青春
一样的疯狂

如果上帝不成全咱俩
我宁愿
我宁愿交出我的青春
让我瞬间变老
我与你相互搀扶
一起白发苍苍
一起笑看斜阳

当你说　你要来

当你说　你要来
每一次都是这样
当你说　你要来
一颗期盼的心
早已迫不及待

太阳公公通情达理
温暖地铺上金色的大道
小鸟妹妹善解人意
欢快地唱着动人的情歌

向彩虹借件衣衫
向幽默借点口才
向鲜花借个头饰
向阳光借点粉黛

难道你有火眼金睛
看到了我的翘首以待
难道你有顺风长耳
听到了我的小曲欢快

期盼的心啊
总是那么迫不及待
每一次都是这样
当你说　你要来

你是我最美的风景

风景再美
你不在
那里就不叫风景
我找不到去欣赏的理由

以前
我总想独自旅游
现在
有你的地方
我都想去看看
你去过的地方
我都想去走走

有你的地方
才有风景
因为
你是我心目中
最美的风景

预约下辈子

想念你的声音
想念你的眼神
你不在身边
无时无刻
除了想念
我什么都做不了

无法紧扣的十指
无法碰触的双唇
这个城市
日日夜夜
除了你
我什么都不想要

今生缘
今生情
如不能继续
我能否　预约
下辈子
下下辈子

2066 的约定

话一出口
心壁就刻下了
很深的 2066

莫名爱上了这个数字
也许　可能
你只是开个玩笑
可我已经当真

没有拉钩
没有白纸黑字
只有一颗真心
只有一份坚守

约定的那年
我肯定在
必须在你的身边

2066 的那一年
你在哪
我　就在哪

早早地等你

没有为什么
不经意的一瞥
我的心房
成了你永久的居住地

你身上的光环
那是我的目光
你身上的疼痛
那是我的心痛

你身上的一切
与我有关
于是
我已不再是我

灵魂不再游荡
躯壳不再空置
有你
才有一个满满当当

今生
我们相见得太晚

来世　学步的第一天
我就爬到这棵槐树下
早早地
等你

等着你来爱

鲜花爱着绿叶
绿叶衬托它的美丽
鱼儿爱着碧水
碧水让它畅游海底
树叶爱着清风
清风悱恻缠绵为它着迷

我不是绿叶碧水清风
我是感情丰富的血肉之躯
我每天在仰望你的风采
你是否注意到我的存在

我做不到
鲜花的艳美
鱼儿的自由
树叶的偎依

我羡慕
绿叶的沉默
碧水的淡定
清风的写意

我什么都不是
我什么也做不了
手上摆弄着钢笔
纸上留不下片语

你会爱我吗
在风华正茂的年纪
你会爱我吗
在我最爱你的
此刻此地

我愿

我愿
变成一只信鸽
盘旋在你的头顶
久久　看你

我愿
化作一阵微风
缠绕你的身躯
紧紧　抱你

我愿
化为一滴细雨
洒落在你的脸庞
轻轻　吻你

我愿
成为所有的所有
只为你
这辈子
下辈子
下下辈子

你不能来

静静地　望着窗外
假装不慌不忙
最好的你即将到来

默默地　看着时钟
假装不急不躁
最好的时间随你而来

怯怯地　放下包袱
那迷人的一笑
将是我为你定制

在一个最好的季节里
状态最好的我
相逢在你的归来

你突然打来电话
你说行程变了
不能来……

等你归来

我的心门
被你一点点
一点点撞开
我刚看清你的脸庞
你却要转身离开

我的心疾
你还是怕了吗
你的远去
或许　于我极好

端起酒杯
站在落地窗前
心痛随着红酒
吞没了整个夜空

望着窗外的霓虹灯
想象你的归来
我依然站在这里
在这里等你
等你
拥我入怀

省略号

说到你的好
我觉得你什么都好

例如
我说不会
你说　我肯定行
于是我的自信
在纸上健步如飞

例如
我说要熬夜创作
你说　你会心疼
于是那夜
我睡得比婴儿更甜美

例如
我说想你
你说　说出来就好
于是我的思念
在昼夜中奔跑

例如
太多　太多的例如

多得只能在例如之后
打上省略号

当你惹我生气时
我突然觉得
你什么都不好
例如
太多太多的例如
多得只能在例如之后
打上省略号

绕圈

公园里
你轻轻地握着我的手
我柔柔地搂着你的肩
我们
漫无目的　绕圈
漫不经心　聊天
脚下的路如嘴里的话
缠绵
嘴里的话如脚下的路
无边

绕过来绕过去
绕过来绕过去
希望一直绕下去
把咱们彻底绕晕
今夜
不必说再见
在漫无边际的夜里
从此
没有了明天

还要久远

羞涩无知的我
博学多才的你
在莫名的空间里
相交于
意料之外

没有刻意去在乎
别人的看法
你欣赏我的内秀
我崇拜你的文采

走走停停
停停走走
迷茫中
你拉着我的手
不离不弃

你说我们要携手
五十年
我偷偷乐了
我会跟着你
比爷爷奶奶的金婚
还要久远
还要久远

爱你，只能用诗歌表达

爱你太简单
简单得只能用诗歌表达
感觉，就是感觉
不由自主的感觉
想你，就是想你
不需要太多的苍白话语
爱你，就是爱你
人海茫茫你是我的唯一

爱你太复杂
复杂得只能用诗歌表达
感觉的感觉
在诗歌的感觉中默默感受
想你的微妙之处
在诗歌的间隙里悄悄发芽
爱你的蛮不讲理
在诗歌的激情中慢慢融化

没有爱情
人类不可能发现诗歌
没有诗歌
猴子不可能向人类进化
爱情与诗歌
文明社会的亚当与夏娃

卷四　相思花

相思花

每次
想你的时候
在月球上挖一个坑
种下一粒相思的种子
月球上镢头挥舞
地球上惊涛拍岸

我不想说
爱你有多深
我不想说
想你多少次

你去数一数
月球上有多少坑坑洼洼
你去听一听
太平洋上有多少潮起潮落
你去望一望
满夜星空相思花

贼

楚楚衣冠
彬彬有礼
谁能料到你是贼
一个潜伏很深的贼

我跟在你的后面
默默地喊抓贼
没人理会我
没人在意我

拨打 110 求助
警察说我无稽之谈
拨打 120 求救
医生骂我精神错乱

没有了心脏的我
这辈子
只能跟着你
听你使唤

情书

毕业后
在相思的煎熬下
我开始给你写信
夜深人静时
小心摊开信纸
提笔娓娓写起
我告诉你身边的人和事
我与你分享我的小秘密
你会慢慢读懂
我是多么喜欢你

你默默地陪着我
你是我最好的听众
时光流淌
不知不觉
信已塞满了一个抽屉
我从来不打听你的地址
你也永远不会收到
属于你的情书

证明

我把所有的感情
融成一首首诗
只为证明
我不是一个冷血的人

我把所有的表情
画成一个个字
只为证明
我不是一个无情的人

我把所有的思念
熬成一粒粒鲜花的种子
播撒在你经过的小路旁
只为证明
我正疯狂地为你绽放

不懂

雪片般寄给你的诗
因浸满了爱而沉重
源源地从指尖流出
你怎么还是读不懂

所有丰富的表情
见你的瞬间僵硬
浓缩成痴痴的模样
你怎么还是看不懂

思念熬成玫瑰花瓣
撒满你经过的小径
连春风都闻香而动
你怎么还是嗅不懂

灵魂化作的夜莺
把你从睡梦中唤醒
唱得那么凄美婉转
你怎么还是听不懂

狐狸精

世间的人儿
哪会如此才华横溢
世间的人儿
哪有这般婀娜多姿

莫不是
传说中的千年狐精
若是
请你留下吧
我的狐精

白天
把你藏在我的心里
深夜
你悄悄地溜出
陪我饮酒赋诗

你说该怎么办

感情
如泛滥的洪水
一夜暴涨
迟迟不退
整整一个夏天
汹涌澎湃

我能做的
除了紧闭闸门
就是无休止地
加堤
加堤
严防死守

如果有一天
实在守不住了
你说，我该怎么办

纯净的凄美

如果距离产生美
只剩仰慕
只剩百米之外的
挥手致敬
像飞蛾只能隔岸观火
无奈的凄美

如果距离产生美
只剩暗恋
只剩遥距千里的
微信寒暄
像囚禁玻璃房里看风景
无望的凄美

如果我们的感情
纯净得像纯净水
没有了拥抱
没有了亲吻
我宁愿淹死
在浑浊的黄河里
也不稀罕这
纯净的凄美

如果不能想你

如果不能想你
我会将空了的躯壳
囚禁在深山老林
然后郁郁死去

我的灵魂附上小鸟
小鸟整天鸣叫
那就是我在想你
一群小鸟鸣叫
那是想你的合奏曲

如果不能直白地想你
我只有以这种悲情的方式
想你

他乡

一片树叶
浮在江面上
载着我的思念
起伏　飘荡

想你
不会挂在嘴边
怕——怕更想

我把这片树叶
拴在一个陌生的码头
——他乡

无聊的时候

无聊的时候
牵两只小狗去溜达
小黑　小花
我在叫你们啦
就这样
到处乱跑　不听话

无聊的时候
去湖边跑步
有风　有景
还有早起的斑鸠
就这样
一个人跑过朝霞
跑晚霞

无聊的时候
沏一壶好茶
找一个老友
侃天　侃地
就这样
侃着　比我们更无聊的话

无聊的时候
原来也很幸福
无牵　无挂
无意间发了一条微信
就这样
无聊的时候
想起了她

枕着你的思念入眠

你总是出差
一年只能见上几次
无奈的我
只能想象
你就在我身边

不时翻看你的微信
哪怕你发来一个字
我也能写出一首诗
谱上一段缠绵的曲
不知你是否也会这般

晚上
我独自尽情地想你
与你的椅子对话
与你的西服对话
与你的枕头对话
与你的照片对话
说累了
我就枕着你的思念入眠

今天怎么沉默了

今天怎么沉默了
是身体不舒服吗
是工作不顺利吗
是我惹你生气了吗
我真的不知道

你不告诉我
我会很难受
如果你不愿说
我也不会逼你
等到你想说的时候
你再说

只是
我有些担心
憋着对身体不好
希望你是平静的沉默
不是憋气的沉默
只要你乐意
我愿为你唱首歌

想你

窗外的雨声
中断了我的梦
但中断不了我
想你

为何这么想你
短短的夜
醒来好几遍
梦中不够
想你
梦醒之后
再想你

阳光下
灿烂地想你
细雨中
缠绵地想你
总之
想你

想你想你想你
想得讨厌变成了欢喜
想得苦涩熬成了甜蜜

你教我
怎么可以不想你
想你想疯了
然后
疯狂地想你

我想为你唱首歌

我不是五音不全
只是声音不算太好

我不是不会唱歌
只是胆量实在太小

我害怕一开口
吓哭了怀里的婴儿
吓跑了树上的小鸟

可是现在
我要鼓起勇气
为你唱歌
为你消除疲劳
为你消除烦恼

不准在意我的声音
不要嘲笑我的跑调
我只想为你
只想为你唱首歌

欠我一个拥抱

以为早已忘了你
当声音响起的那一秒
记忆
定格在一张熟悉的脸

那个温暖的笑容
那个灿烂的嬉闹
那个
挥手道别的下午的阳光

又是一个心花怒放的春天
所有的喜悦破土而出
只因为
你的一个电话

脑海里
时光飞速倒流
美丽
仍然在老地方等待

电话那端
你神秘地一笑
难道
难道你记起了
欠我的那个拥抱

我喜欢你很久了

我喜欢你很久了
从看到你的第一眼
你的模样
在我的脑海里
久久停留

我喜欢你很久了
从你第一次对我微笑
我就掉进了
那深深的酒窝
醉得分不清南北西东

我喜欢你很久了
从你问我的名字
你的声音
穿透了我的身体
我掉进了声音的旋涡
变成了一只落汤鸡

我喜欢你很久了
从第一次碰到你的手指
我的血液沸腾了

在你指间的温度里
我慢慢融化成你面前的彩霞

我喜欢你很久了
你可曾知道

卷五　这样跟着就好

这样跟着就好

喧闹的人群里
唯独我沉默
这不是我想要的

屏蔽所有的世俗
走进另一个世界
在那里有你有我

你在前
我在后
踩着你的脚印
我很开心

不奢望你的回头
不奢望与你牵手
这样静静跟着
就好

让我跟着你吧
默默地
这种感觉真好

跟屁虫

你的每句话
我都由衷认同
你的每次行动
我都鼓掌欢呼

渐渐地
我没有了主见
渐渐地
我习惯在你的身后
像月亮跟着地球

当你困了累了的时候
记得回回头
离你十米远的地方
有一只为你摇旗呐喊的
跟屁虫

不配你的爱

浮华的思想
脆弱的灵魂

我不配你的爱
至少现在

将心门重新上锁
去陌生的地方远游

一路向前
不必担心迷路

戴上耳机
在歌声中寻找心声

月亮与太阳也会邂逅
含羞草偶尔也会不含羞

终究有那么一天
我会穿上白纱裙

在明媚的春光里
相约在那个路口

尴尬的我

时间停留
停留在刚下车的那一刻
那种距离　多好

你慢慢走近
走进了包厢
尴尬四处弥漫
尽管事先早有准备
尽管呼吸早已调匀

不敢对视任何目光
不敢去听任何声响
默默地
躲在自己的世界里

讨厌尴尬的我
本不该出现
不该出现在那个地方

听着欢快的音乐
伴着你体贴的话语
尴尬慢慢褪去

其实我只适合待在诗里
待在有你有我的诗里
仅仅这样　就好

你的向日葵

没有鲜花的娇艳
没有大树的魁伟
我只想做一株
你的向日葵

你远远走来
我笑得比阳光更灿烂
你匆匆离开
我忧伤　把脸庞低垂

不跟大树比高
不跟鲜花比美
只要你冲我微微一笑
今生为你痴为你醉

所有的向日葵
只为一个太阳绽放
我只属于一个人的
你的向日葵

你是我的晴天

没有你在的城市
天空总是灰蒙蒙的
四周
一片模糊

睁大双眼
望向远方的路
何时才能看见
你从阳光中走来

害怕闪电雷鸣
讨厌刮风下雨
我喜欢的天气
由你注定

快来我身边吧
你的到来
我的天空
就是晴天

好想去送你

每一次离别
总要留下淡淡的忧伤
淡淡如薄雾
在有雨无风的今晨
久久没有散去

好想去送你
只为拉长
我们的相处
哪怕一分一秒
也会在我的脑海里
留下最美的记忆

好想去送你
在月台上
可以找个借口相拥
让你知道
我的心随着列车
追逐

好想去送你
不在乎
你的背后我的泪流满面

因为
那是为了
下一次更好的相逢

好想陪你坐车
哪怕只有一次
指着窗外的风景　论诗
我不是贪婪的人
今生只需这么一次

让我们共同的记忆
定格成公园里的情侣雕像
让后代们站在雕塑前
指指点点
议论他们并不知道的
先辈的传奇

逃亡

一潭死水地活着
心跳成了一条直线
新鲜的空气
成了我的奢侈品
是什么困住了我的双脚
让我成了房间里的怪兽

我要为自己活一次
哪怕只有一天
让我逃出去吧
哪怕遍体鳞伤

天大地大
哪里是我容身的地方
随心所欲的人们
请好好珍惜吧
珍惜我所渴求的一切

惊慌地看着窗外
你如梦般走来
看着你天使般的笑容
我不想再做囚笼里的怪兽

求求你
带我走吧
离开这鬼地方
逃到无路可逃的时候
再回来做他的奴隶
那时　我一定会死心塌地

我想带你去旅游

突破世俗的藩篱
我想带你去旅游

我不想带你去布达拉宫
伸手摘取天堂里的那朵白云
我不想带你去神农架
探索人类起源的奥秘
我更不想带你去新马泰
看外国的月亮　人妖的表演

我只想远离喧嚣的地方
最平静的湖水
最普通的杂草
最丑陋的野花
这里太普通
普通得没有人类的脚印
我们倚背坐在杂草上
什么也不用说
静静地读你的诗
慢慢地消磨
下午的时光

你懂猫语

门帘在风中呼呼作响
犹如你坐在高铁上
我们在微信里聊天
你一言　我一语

你说
猫没有了鱼
也可以吃肉
仿佛
你懂猫语

我说
没有了你
我将一无所有
你说
没那么严重
至少还可以吃肉

这么推理
我是一只可以吃肉的猫
似乎全人类
唯独　你懂猫语

散步

爱上独处
总把你撂在一旁
任凭你拍门
还是不愿打开

突然心血来潮
主动牵着你的手
走过两条小街
穿过三个路口
漫步在傍晚的江边

一支老冰棒
一瓶冰红茶
有说有笑
我们走过转角
眼前呈现一处惊喜
碧波　晚霞
美不过此刻的心情

你独自去爬山

我知道
那儿的山不算太高
那儿的路不算太远
你独自去爬山
应该不会感到孤单

我知道
行人会对你微笑
风景会对你招手
你的心情应该很好
脚步应该很轻巧

只是　只是
下次
你要记得告诉我
我好等你
在山路的第一个拐角

我好想
与你同行
山中有诗意
诗中有我们

怎么啦

我偷偷地看你
惊奇地发现
你也在偷偷地看我

搓手
冒汗
再搓手
再冒汗
不知所措

你问
怎么啦
心虚的我
忘了呼吸
扬起半张的嘴
答不出
只言片语

我在偷偷地看你
你也在偷偷地看我
如果你不偷偷地看我
你又怎么知道
我在偷偷地看你

你却问
怎么啦
似乎有点
恶人先告状
我也想问问你
怎么啦

我不敢与你对视

今天聚会
我只敢盯着你姐姐
不敢与你对视
我们的目光会暴露一切

我用余光看你
你正多情地盯着我
你还多情地盯着我的亲人
你无意间把他们
当成了你的亲人
你却全然不知

我假装无视你
担心多情撞上多情
整个房间火花四溅
所有人都会知道这段隐情
所有人都会反对
他们都想当你我之间的
消防队员

伪装得如此业余
大家似乎已察觉
干特工
你我都不称职

中毒

不知什么时候
我中了你的毒
等我发现时
已经无药可医

时间啊
别跑得那么快
这辈子
我还没好好地
爱与被爱

能否让我多活几天
我想好好看你
好好享受
有你陪着的日子

我心甘情愿
安静地死去
躺在你的怀里

最后几天
你要好好与我相处

你是否知道
在我死后
世上没有第二个人
像我这样爱你

我只需你的一张站票

你好吗
我不好
为什么
因为你的心里没有我
不是不想装你
只是里面的东西
实在太多

没事
挤挤
挤挤嘛
我只需你的一张站票
不图舒适
无须编号
在芸芸众生之中
脸贴着你的心窗
听着你的心跳
哐当哐当
到地老
到天荒

卷六　伤不起

山的那边

凌晨两点
一床被子
如喜马拉雅山脉
横亘在你我之间

默默地
守候在山的这边
眼巴巴
窥视山的那边
思绪如千年冰川
慢慢沉淀

爱上了夜
爱上了咖啡
爱上了诗歌
就是忘了去爱你

今夜
我要把喜马拉雅炸开一个缺口
让印度洋的暖流
吹进你的心田

一错再错

深夜的天空
下起了大雨
有人在雨夜沉睡
有人在雨夜行走

泪不懂雨的冰凉
雨不懂泪的滚烫
不是雨太冷漠
不是泪太荒唐

泪与雨
划过脸庞
温暖之中
有些冰凉

知错的我
仍然一错再错
因为
除了一错再错
我已无路可逃

哎呀！你的指尖碰到了他

出门时
你与他客气谦让
你用高贵的手
在他背上轻推了一下
他乖乖地出去了
哎呀！
你的指尖碰到了他

你是无意识的
只是
善良与单纯的自然流淌
我发誓
他没你那么单纯
他肯定感觉很舒服
甚至开始想入非非

我祈求
你不能再与别人谦让
为了我
你要彻底忘记
世俗的礼节

伏笔

三年前的闺蜜
今晚成了他的妻
你们站在舞台上
我成了远处的背景

三年前
你俩相视一笑
我就预感到了今天
你我他
最平庸的三角恋
今晚终于落幕

真心祝愿
你是他的终结者
你不要因喜酒晕了头
再度失守

不希望看到下一个她
那样，你与我都一样
成了这个浪子
情感的花絮
风流的伏笔

你为什么这么喜欢看美女

餐馆里人声鼎沸
香气四溢
你居然还能走神
盯着邻桌的美女
吞着冷涎
大口呼吸

我装着若无其事
用眼睛的余光监视你
我在为你计时
你已经直勾勾地
盯了五分钟
居然没有眨眼睛
这个　突破了
人类的极限
我不知这是你的专长
还是天下男人的通病

这次
我真的生气了
你的眼光真的有问题
如果真是美女
我也认了

哎，那个模样
真让我无语
当初我咋没发现
你的品味这么低

我什么也不说
装出很洒脱的样子
等着，回家
等着，回家
我要敲开你的脑门看看
你为什么这么喜欢看美女

我恨你的幽默

你很幽默
妙语连珠
幽默如一张网
我是被你网住的
飞蛾

从今天起
我恨你的幽默
我们参加一对新人的
婚礼
你一开口
那群老女人啊
尖叫
尖叫
尖叫
她们根本无视还有我

她们围着你
因兴奋满脸通红
红得一脸幸福
仿佛
她们是今夜的新娘

从此
我恨上了你的幽默
因为
幽默这张魔网
不仅能网住飞蛾
还能网住蜻蜓，苍蝇
甚至黄雀……

遗忘的激情

我又爱上了
可惜不再是你
我的心
已不受控制

曾经的山盟海誓
曾经的美好时光
在我爱上她的那一刻
都成了不可倒回的记忆

你别忧伤
下一个你的他会比我
更好地待你
你会比现在过得更好

我也不想
抛弃你
只是在你的世界里
我感到窒息

我的心
已渐行渐远
我要
找回遗忘的激情

魔镜

久久地坐在窗前
玻璃如一面镜子
照出我心内的暗影

拭去泪
玻璃上映出了你的影
我恐慌得窒息
赶紧逃离阴暗的房间
冲向有阳光照射的地方

在阳光下逗留
我迟迟不敢回家
这面恐怖的魔镜
能照出我的心
能映出你的影

我相信
终究有一天
你会从魔镜里消失
我会从魔镜里逃出
从此
我们回到无邪的从前

明天将要结束的爱情

我们不能走得太近
有距离才有永恒
只有我确信
这句话成了
一生的宿命
其实你尽管放心
每句话我都刻骨铭心

翻开聊天记录
一条一条删除
最后只剩下自己
对着月下的影
一秒一秒地计数
明天将要结束的爱情

陪我说说话吧

月光下
我默默陪在你身旁
你依然低头看手机

天上的星星
看上去离得很近
可能相距几亿光年

求你
陪我说说话
我好害怕
害怕有一天
我们突然成了陌生人

我不是你的娘

你把我丢了
在陌生的马路上
几句拌嘴
你负气消失在
春之斜阳

太阳落山了
抛下夜的冰凉
没有了你
我失去了导航

拍拍胸口
放大胆量
忘了走了多久
忘了花的芳香

大男孩啊
你怎么这么任性
你可知道
我是你的女友
不是你的娘

魔鬼城

最美的季节
最美的年华
最美的梦想
我们一起来到
这座美丽的花城

我已经想好
下次见面
在浪漫的氛围里
在鲜花的海洋里
我要用歌声
向你
求婚

站了好久好久
捧着鲜花的手酸了
扑通的心累了
没等到你的倩影
等来的却是
绝交的短信
拉黑的微信

地震
也该有个先兆
变天
也该来个预报
我固执地认为
如果不到这座城市
我们一定会
白头到老

我悲伤地
离开了这座城市
从此
诅咒这座城市
我给这座城市
取了一个名字
——魔鬼城

铁石心肠

没有理由
没有预报
没有先兆

昨夜的晚餐
那么温柔可人
那么美酒烛光
今晨的绝交微信
那么冷若冰霜
那么猝不及防

微信号拉黑了
手机号拉黑了
贱男人啊贱男人
我这个贱男人
冲向你的出租房
一夜间人去楼空
留给我
满目的惆怅
满目的凄凉

我还沉醉在满城春色
你突然给了我严冬冰霜

昨夜的那顿美食
我吃得那么多
吃得那么香
你一定在冷笑
一个死囚犯的最后疯狂

心　你可以去伤
但不可以用刺刀去捅
我哪能料到
一个弱女子
长着一副铁石的心肠

朋友

你说
我们是最好的朋友
你以为我很感动
不知道我很受伤

朋友
这么冰冷的两个字
堵在了我的心口
堵死了
长久的期盼
长久的等候

一颗破碎的心
对着苍天怒吼
表面上
还要假装高兴假装接受
从今往后
我们是朋友

不管是最好的朋友
还是普通的朋友
总之我们是朋友

我将释放
心中所有的所有

因为
我们只是朋友
我们以朋友的名义
走到生命的最后

爱你，与你无关

想你是习惯
白天短促促
黑夜长漫漫

爱你是必然
月亮要升起
太阳要下山

爱你
不是你的牵绊
不是你的负担

爱你
是我一个人的事
与你无关

回到原来

你义无反顾选择离开
脸上的泪痕已经不再
你说我只是你的意外
我说我不是爱哭的女孩

短暂相处留下的伤害
曾经的模样被挤到千里之外
孤独的我没法面对现在
只能拼尽全力找回原来

昨日的童真被一一掩埋
无名的烦恼抛向茫茫大海
我要忘了对你的依赖
未来的我需要更好的姿态

等到一切回到了原来
我会轻松地对你说拜拜
等到一切回到了原来
我不再期待你的爱

亲爱的，我们和好吧

看到你绝望的眼神落魄的背影
我以胜利者的姿态聆听夜莺的啾啾
在你离去数个小时之后
麻木的心脏找回节奏慢慢复苏

在湖边走走停停停停走走
脑海里装着你像在梦游
当一切变成曾经的时候
突然发现脆弱的心灵无法承受

闭上双眼躺在草坪上
心中的你并没离去并没远走
眺望灰白的天空远方的高楼
想象你独处斗室借酒浇愁

在似梦非梦之间
我是否还在你的心中逗留
在似梦非梦之间
剧痛袭击全身我难以忍受

亲爱的，我们和好吧
我已打开城门挂上白旗
从此以后
我再也没有底气提出分手

别再理我

把彩虹画在天上
假装是个画家
把梦想寄托远方
假装侠士去流浪
让你做我的女人
像土匪那样霸气嚣张

别再理睬我
我会越来越莫名其妙
别再答应我
我会越来越纠缠不休
别再靠近我
我会让你越来越累

当梦破碎的时候
我们会回到原来
只求遇见时
你依旧对我微微一笑
像个朋友

答案

没有你
我成了沙漠里的鱼
你却说
你能做到不理我
整整一周

其实
还未问出口
天空已给出答案
闭上眼
任凭泪在周身翻滚

有你在梦里
我已彻底沦陷
你不离去
我愿
终生沉睡

这就是
我的答案
你的答案
与我无关

境界

你伤害了我
我曾激烈地
爱过恨过
哭过闹过

若干年之后
突然发现
对你
连恨都没有了
一潭死水
多可怕
已无话

我不清楚
这是多么高
还是多么低的境界呢

了断

纠缠不清的时候
最好的方式是了断
上次我伤害了你
这次你伤害了我
原本是皆大欢喜的平局
结果却没有那么简单

你的后面有一股强大势力
有主宰你思想的两位大神
有你视为靠山的姊妹们
还有七大姑八大姨
让我彻底崩溃的是
你家保姆扛着火箭炮
宣布参战
婚姻殿堂里
最可恨的原来是亲友团

剪不断，理还乱
最好的方式是了断

卷七 为了你

为了你，今生高调一次

你说
低调些，低调些
别整的动静太大
把我折腾得太累
你会很心疼
简简单单的仪式
请几个亲友吃饭见证
或外出旅游
不必惊动任何人

你知道
我不是一个高调的人
在人群里
闷闷的　我很少吭声
我已经低调了很多年
这次你依着我吧
请宽容我今生唯一的高调

我要请来所有的亲友
不管过去赞成还是反对的
面对盛装的新人
除了蜂拥而至的祝福词
他们还能说什么？

我要请来曾经的仇人
敬他一杯新婚喜酒
让他从此俯首称臣
我要请来所有所有的人
让他们共同见证
见证爱情的奇迹
见证我们的梦想终于成真
从此
天空中银河干涸了
变成了玫瑰花的海洋
现代版的牛郎织女
朝朝相亲相伴
夜夜同眠共枕

我要请村里的百岁寿星来证婚
我要让我们的婚姻如他一样
银婚　金婚　钻石婚
我要请电视台的金话筒来助阵
让他连珠的妙语烘托气氛
我们的故事
全世界没有现成
金话筒需要原创独创
这次盛会的版本
我们将世代珍藏　化作永恒
我要在浪漫的钢琴曲下朗诵诗
《爱你，只能用诗歌表达》

这是我为你独创的爱的诗魂
我请你穿上华丽的婚纱　略施黛粉
我要亲口讲述相识相爱
以及九九八十一难的全过程
舞台背景是你的创意
由我亲自动手完成
九千九百九十九朵玫瑰
点缀出九个梦幻的大字：

为了你　高调一次　今生

龙卷风

今夜
你撞开了我的心房
像龙卷风横扫
势不可挡

今夜
无法抵挡的疯狂
穿透烈焰的红唇
将无尽的黑夜灼伤

今夜
温顺得像小绵羊
只为得到你轻轻的抚摸
只为倚靠你钢铁的脊梁

今夜
你致命的诱惑
彻底击溃了我
最后一线逃生的希望

有些事

有些事
是要趁年轻时干的
比如，亲吻
等到老了
老麻木了
想亲吻时
嘴巴没有了感觉
到那时
还不如吃一根老冰棍

有些事
是要趁年轻时干的
比如，拥抱
等到老了
老到关节僵硬了
抱紧之后
再也无法分开
到那时
爱　化作永恒

九月分娩

原以为那一刻还很遥远
一个人慢悠悠陶醉
一家人慢悠悠享受

肚子越来越痛
坠胀越来越重
一个人在客厅里
来回走动
太早了
不忍吵醒任何人

最终还是没忍住
全家人火速出动
来不及办手续
被直接推进了产房

没有呼天抢地
默默地咬紧牙关
我不是不痛
只是太害羞
牢牢掐住他的手臂
直到青肿

排山倒海的痛
感觉身体被撕裂
难道这腹中之物是
猴王悟空

“哇”的一声大哭
这是天地间最美的音符

迷你小爸爸

我一落地
眼睛还没睁开
就听见有人嚷嚷
小家伙真可爱
与他爸爸一个模样

当时
爸爸正在出差
坐着火箭往回赶
我只能根据自己的小脸
推断爸爸的长相

哎
妈妈太调皮
还没给我取个
正儿八经的名字
就迫不及待地
送上个绰号
“迷你小爸爸”

爸爸冲进产房
我大哭告状
爸爸没有打妈妈

反而在她脸上亲了一口
动静太大
这一下
惊动了几间产房

自行车

认识你以前
自行车是越野车
在乡间石子路上
一个张狂的男孩
对着原野颠簸摇滚：
你就像那冬天里的
一把火

认识你之后
自行车是小轿车
你坐在后座
拦腰抱着我
沿着光溜溜的小道
你甜甜地唱着情歌：
哥哥你走西口
妹妹我实在难留

有了孩子之后
自行车是小客车
前面坐小人
后座坐大人
载着一家的温情

一个稚嫩的童音：
门前大桥下
游过一群鸭
快来快来数一数
二四六七八

亲爱的，吃早餐吧

亲爱的
吃早餐吧
像皇帝那样吃早餐
你不吃早餐的习惯
很不好
真的很不好
不好到我无法容忍

你要爱惜身体
你想想
这是我第几次提醒你
别嫌我唠叨
只是你不改
我会唠叨一辈子

爱惜身体
不是为你自己
而是为你身边的人
你的父母
你的亲人
所有爱你的人
当然
最关键的那个人还是我……

不要那么累

嘴张了几次
还是没吱声
只有眼神
传递着我的心疼

不要那么累
工作永远忙不完
我什么都不要
只要你健康

答应我
不要那么累
身体好
我才能更好地爱你

你的疲惫
让我钻心地疼
你的健康
不为自己为了我

离别时
握手对视

你从我的眼神中
应该能读出
老生常谈的那句话——
不要那么累

最多还累三年

我郑重承诺
最多还累三年
你知道
我要把那几件事办妥
给朋友一个交待
给亲人一个交待
给自己也要有个交待
到那时
我会放下一切
带你去遨游

我想带你离开这个凡世
在没有人烟的地方
搭建一座小庙
种上水果种上蔬菜
养上鲜花养上蜜蜂
除下山买盐之外
山门绝对紧闭
那样
我们就活在自己的世界里

你太没良心

你这个人啊
没肝没肺
太没良心
你想抛弃我
无牵无挂
独自出家
我问你
你是想逃避世界
还是想逃避我

如果你去当和尚
我会在你的庙旁
搭建一座尼姑庵
我要赶来一群猪
吃掉你的水果
拱掉你的蔬菜
我要训练蜜蜂蛰你
看你能不能静心念经
我要把你买来的盐
倒进湖里　洒向地里
我要让你的世外桃源变成
咸水湖　盐碱滩

不准再生病

听说你感冒了
心情如今天的天气
阴阴沉沉

面对远方的你
嘘寒问暖的话
显得那么苍白无力
我说不出口

答应我
不准再生病
你一丁点的不舒服
我的天空
就会乌云密布
就会暴风骤雨

所以
恳求你用心
照顾好自己
你的健康也是我的

为了我们的约定
不要生病
就算我求你
以后不准再生病

为你守着这份孤独

从早到晚
从晚到早
只要你一出声
群里总有人跟着“嗨”
你
不是群主
胜似群主

想不通
他们怎会有那么多的话
想不通
他们怎那么会套近乎
我想找你搭讪
怕你不理
当面出丑

热闹的气氛
始终难见我
不是我不想融入
只怪自己笨拙
你或许不知道
群里还有个我

热闹的你
沉默的我
尽管格格不入
我还是不愿退群
为了你
我愿默默地
守住这份孤独

原来我们都没有安全感

我是一个信心爆棚的人
唯独与你相处
我一直很心虚
我觉得
哪方面都配不上你
总是小心翼翼
害怕失去

今夜
你躺在我的怀里流泪
我问
为什么哭
你一直不肯说
在我软磨硬泡之下
你说出了同样的感受

你说
是我犯了晕
让你捡了个大便宜
总担心
我突然醒悟
离你而去

原来
我们都没有安全感
不是对方对我们不够好
而是
彼此太在意
因为
彼此都觉得
捡了个大便宜

追星

电视剧里
你的故事让我牵肠挂肚
担心坏人杀了你
担心小人诬陷你
担心俗人利用你
我甄别与你交往的
每个人
恨不得写信提醒你
尽管我知道那只是戏
哎
还是忍不住替你担心

综艺节目里
有人拿你开涮
如果是善意的
我会洋溢一脸幸福
有时
开涮过了火
你在台上很难受
我很不开心
甚至永远讨厌
永远讨厌

拿你开涮的人
你不要笑话我
太小心眼
为了你
我没法大气

你深深地
浸入我的脑海
嵌入我的心灵
融入我的呼吸
来吧
与我共眠吧
我的明星

偷拍

私房相册里
全部是你的美照
手机里
是偷拍的你的视频
脑海里
除了你
很难再装任何东西
很担心考试挂科
但又没法用心学习

什么天生丽质
什么女神
用这些来形容你
对你
是一种平庸的羞辱

大家说你有明星范
这点我没法否认
有人说你像王菲
有人说你像瞿颖
有人说你像舒淇
他们说的有点靠谱
其实又非常不靠谱

三个明星的优点相加
括号之后乘以一百
这个数值才勉强接近你

很抱歉
我翻遍了《康熙字典》
实在找不出一个
属于你的词儿
本来我可以自创新词
无奈也没人能理解
我只好委屈你
用一个复杂的方程式
来表达

你是上帝为我定制的那款
我总担心定金不够
迟迟不敢发出
订单

有一天
你款款走来
给了我一个拍正面照的
绝佳机会
我却慌乱得不知所措
我们擦肩而过

你似乎向我点头
又似乎不认识我
难道你发现了我的偷拍
如果你真的知道了
你——
是幸福
还是愤怒

我的情人

网上不经意的错误添加
我认定你就是我的情人
你住在遥远的边陲小镇
我们从没见过面
从你传来的照片看
你的相貌相当可人
内心默默地认定
你就是今生　我的情人

尽管飞机高铁非常便捷
尽管我到小镇度假
看到了你小区仿古的大门
但我们约定不要见面
甚至不要视频聊天
每天微信讲着情话
每天微信讨论诗歌
精神愉悦像昨夜新婚

等到我要离开这个世界
你一定你一定要来看我
生命中的最后三小时为你预存
我会赶走病床边所有的亲人

我要亲手掀开你头上的面纱
我要听你朗诵我们共创的诗篇
惟有你惟有你能超度我的灵魂
你是从没谋面的　我的情人

卷八　小街的咖啡屋

小街的咖啡屋

那个小镇的那条小街
有间古老的咖啡小屋
我记不清去过多少次
懒懒地过去坐坐
漫漫地听听音乐

也许
你终究会明白
人生的每一个瞬间
只要错过
永远不会再来

曾经飞扬青春的欢笑
曾经摆弄岁月的碗筷
我们同饮一杯咖啡
我们分食一份外卖
让幸福满满地进驻
快乐就是简单的相亲相爱

独自消磨下午的时光
想想过去
想想你我
一切皆成印象
想想只是一种释怀

生日礼物

明天是你的生日
我躺在草原的暮色中
想着送什么礼物
配得上你这多情的人儿

送你一个梦吧
你可愿牵着我的手
带你走进我的梦乡

来大草原吧
来乌兰布统
让我们投入绿色的海洋
这里劲风送花香
这里满山遍牛羊

我骑着白色的骏马
来迎接我未来的新娘
你紧紧搂着我的腰
把脸贴在我的背上

莫道草原日烈
有雄鹰展翅遮挡
莫道空旷寂寞
篝火旁琴声悠扬

累了，信马由缰
轻轻地把你捧在手上
奔向那天边的白云小屋
奔向那远方的暮色苍茫

不敢说的话

你不是我的情人
却总爱对我说情话
在似梦非梦之间
我不再是哑巴

你不是我的情人
却总能接住我的话
梦醒之后
我又变回了傻瓜

幻想有一天
脚下踩着柔软的细沙
我们手拉手
一路说着不敢说的话

不敢说的话
在嘴边噼里啪啦
不敢说的话
红过朝霞红晚霞

等老了，做我的情人

其实
好想和你在一起
但不能
这个世界
不是两个人的纯真
是几十亿人的世俗
我们要考虑很多人

将有那么一天
我们老了
这个世界
把你我遗忘了
遗忘在一个视而不见的角落
那时
你一定
你一定要做我的情人

你是我的模特

上天早已注定
要你做我的模特
我们才有那次擦肩而过

遇见的那一刻
你已经没有了选择
只能乖乖接受这个安排

不要愁眉苦脸
这不是模特的本色
每天都要快乐
这样我才好勾勒
你的轮廓

在我大脑的舞台上
你每天走来走去
上帝的安排
由不得你
也由不得我

肉麻的喝彩

世界杯
半夜三更
为那些陌生的白种人黑种人
兴奋的你
拍手喝彩

同事的婚礼
面对男不算才女不算貌
男女根本不搭调
热心的你
举杯喝彩

甚至，甚至
面对电视剧的虚幻表演
率真的你
流泪喝彩

面对我的晋级招考
面对我做出的一桌好菜
麻木的你
从来不知道喝彩

你说
一家人
平平淡淡过日子
不必弄得那么肉麻

其实
我很需要你的肉麻
哪怕
今生只有一次
两次，或三次
肉麻的喝彩

尴尬

面对你
我不知道该说什么
面对你
我有点手足无措

假装玩手机
避免与你目光对视
你只是宽容地一笑

讨厌你
这点小伎俩
被你一眼看透

撤不回的消息

不敢看手机
不敢回复任何消息
打开音乐播放器
让慌乱在歌声中沉寂

撕开一包薯片
用零食填满空虚
涩涩的泪
含在眼眶里

撤不回的那句话
像巨兽慢慢吞噬我
如果时间可以倒回
我肯定没这个勇气
仅此　而已

心情随曲调
起起落落
翻来覆去

我即将被看透
请你懂　亦不要懂

半天已经过去
你不作任何评语
宁可谈论体育

你是真的不懂
还是装作不懂
还是不屑去懂
你太深沉
深沉得不可理喻

千丝万缕

每次离开
你从不让我去机场送行
你说你受不了
我眼中流露的爱意
千丝万缕

每次相送
我都悄悄地尾随
注视你远去的背影
眷恋如疯长的春藤
千丝万缕

等待的日子
总是那么遥遥无期
独坐咖啡小屋
时间在音乐中流淌
千丝万缕

漂泊之后
你最爱在这里停歇
你说
我把情愫织成了网
千丝万缕

你说得好轻巧

你告诫我
提得起
放得下

不要因为思念
寝不安席
食不甘味

感情如烈火
控制不好
就会把健康燃烧

你说得好
你说得好轻
你说得好轻巧

这些话
我也会说
我也会说好多
我也会说好多好多

但我就是做不到
难道你
难道你真的
难道你真的就能做到

为什么你是他的儿子

你可以是皇帝的儿子
我与你共享皇室的尊贵
你可以是富翁的儿子
我与你共享家族的荣耀
你可以是毒枭的儿子
我与你一起潜入金三角
你可以是仇人的儿子
我与你叛离整个家族
你可以是乞丐的儿子
我与你一起去露宿去拾荒

你可以是任何人的儿子
没有什么我不能面对
我在乎的是你
与其他无关
但是
你我都清楚
你不能是他的儿子
这——这叫我如何突破
突破一张没有突破口的网

天下奇闻
他究竟是谁家的儿子
我无言以对
默默
洗面　以泪

我真的不理解你的世界

我们不是一个类别的人
不理解你的古怪想法
不理解你的荒诞行为
你的想法与行为甚至自相矛盾
我没法理解你
所有正常人都没法理解你
甚至你自己也不能理解自己

你疯狂爱过一个人
转眼却冷冷地对待她
准确地讲
你从来没真正爱过一个人
甚至从来没真正爱过你自己
因为一个爱过自己的人
一定懂得如何爱别人

我这么说并不是抱怨
抱怨没有任何益处
我真的不理解你的世界
因为我们来自不同的世界

假惺惺

你沉默时
我假惺惺地读懂了你的默然
却给不了一丝丝的慰藉

你难过时
我假惺惺地读懂了你的忧伤
却给不了一个简单的拥抱

你劳累时
我假惺惺地读懂了你的疲惫
却给不了一个可靠的肩膀

什么都给不了
我只能
远远地
默默地
多情地
为你祈祷

我能为他做点什么

有谁能告诉我
我能为他做点什么
我做不出一桌山珍海味
我也学不会对酒当歌
我不能摘下夜空中的星星
甚至羞于甜言蜜语
我恨
我恨自己
天性的笨拙

无数个夜里
无数次仰望星空
希望明月给出答案
我能为他做点什么
月亮姐姐　你说说

明月嘿嘿干笑
什么也不说
干嘛呀？急死我
哎！你想得太多太多
他什么也不要
只想你静静地
静静地陪着

亲情与激情

亲情在家里
时间久了
慢慢淡忘在琐事里

激情在路上
时远时近
诱惑着他们去追寻

亲情像我
足不出户
平淡得可有可无

激情像你
偶尔的闪现
让人不禁浮想惦记

没人在乎我
他们都在期盼你
其实　生活
不能缺少我和你

他们都在追寻你
当遇到你的时候
或许　或许
他们也会把我想起

卷九　囚徒

你是我心中的囚徒

看着地上
孤单的身影
不忍迈步
前行

转过身
抬起右手
挡住那刺眼的阳光

熟悉的你
熟悉的画面
一幕幕
在脑海里闪现

眼眶红了
心儿碎了
真的好想你
又不得不分离

跌跌撞撞
把自己
淹没在人海里
假装有说有笑

你
你是我
你是我心中的囚徒
从未忘记
又不愿提起

囚徒的伪装

一支笔
在信笺上游走飘浮
文字之内
显而易见的文字
文字之外
密密麻麻的情愫

笔停留在
教学楼前的两树桃花
食堂门口的一对小狗
我的人啊
你能否把桃花小狗之外
看透
笔停下
久久犹豫迟迟停留
字，过于平面
无法描绘感情的立体图

信笺
关押了几段客客气气的
文字
始终没供出内心深处的
那个囚徒

囚徒的自白

几年了
隐约能感受
还是猜不透
如果你心里关着囚徒
她，她也想自由

你
上上封信讲了桃花
上封信又谈了小狗
而且还是成对成双
欲说还休

我欣赏
你的美文你的含蓄
我想
这封信应该
应该水到渠成
其实很简单
你只需把上封信的小狗
变成你与我
就已经足够

等啊等
盼啊盼
终于等到了你的来信
我流着泪
双手颤抖
结果
这封信
又是一篇美文
你歌颂图书馆门前的
那条小路

我一直无法开口

对不起
我一直无法开口
如果你不问
我永远不会开口

我不想骗你不想骗自己
我配不上你
我只配给你做牛做马
做猫做狗
那两树桃花
是我送给你与你白马王子
的结婚礼物

我家
土房一间
冷炕两张
薄地三亩
父母在县城摆地摊
草行露宿
哥哥蹲监狱
无期改有期
他想重新做人
也要十几年之后

当我见到你的第一眼
就把你深藏在心底
但那里不是监狱
你也不是囚徒
我每天伺奉你
——我的皇后

越狱

几年了
你让我怎么说呢
你把校园里的
一花一草
一猫一狗
说了个遍说了个够
若把你的信叠加拼凑
就是一幅校园景观图
如果我来当校长
轻车熟路

你不妨正面回答
在你的内心深处
除了花草
除了猫狗
是否还住着一个女孩
如果有
请你说出她的名字
如果没有
何苦每周两封长信
苦了你也苦了我
何欲何求

做我的女人吧

憋了很多年
今夜
借二锅头的胆
这句话
终于脱了口
不管刀砍火烧
还是油煎水煮
说出了就永不退缩

憋了很多年
今夜
借二锅头的胆
这句话
终于脱了口
不管万丈深渊
还是地雷方阵
是铁血男儿就永不回头

失态

那天
喝多了
有点失态
如一个囚徒
挣脱枷锁
从嘲笑声中向你走来

在二锅头的掩护下
如一匹烈马
冲向你的心怀
对你发出
疯狂的呐喊
真情的表白

这辈子
难得几次
难得几次
如此失态

卷十　爱的全部

致龙王

茫茫大海
我是一只落魄的小虾米
弯着腰
与岩缝的水草
做游戏

有一天
龙王微服私访
无知的我
在龙王面前
煮酒论诗

文艺范龙王鼓励我
以水草为笔
以石块为板
继续写下去

我感动了
发誓要效忠龙王
即使葬身鲨鱼腹中
也要把最后一口气
化作诗句

在广阔的海洋中
遇见龙王
是虾兵蟹将的共同夙愿
幸运的却只有一只
一只弱小的
小虾米

站在龙王的肩膀上
我变得强大了
从此不再是
孤单的
懦弱的
无知的
小小的虾米

致柯米

每次见面
你的话总是那么少
全世界都以为你
不会讲话
不会表达

只有我清楚
你不想讲话
不屑像常人那样讲话

天晴天雨
花开花谢
最平淡的生活
最美妙的诗句
在你的神笔之下

你可以脱口成诗
用说诗代替说话
但没有人能懂你
你只能选择沉默
上帝
注定了你的沉默

马桶诗人

清晨
起床
一杯凉开水
伸臂　弯腰
坐在马桶上
写诗
一天最畅快的时光

每天
如此
坐上马桶就有灵感
难道
难道马桶是诗的温床

“咣当”“咣当”
“大清早，敲什么门?”
“今天一号，交房租啦!”
土财主啊
你拿什么赔我
一首好诗
就这么无情地泡汤

我是谁

曾有过那么几次
夜幕降临
面向天花板
突然忘了我是谁
久久回忆
慢慢记起
哦　原来我是这个人啊

曾有过那么几次
突然忘了我是谁
忘了名字
忘了年龄
忘了来自何方
忘了去往何处

你是否也曾短路
突然忘了我是谁
仿佛我没来过这个世界
仿佛我虚无得无色无味

半条命

出生前
一半是父亲的，一半是母亲的
小时候
一半是父母的，一半是自己的
青春期
一半是恋人的，一半是自己的
结婚后
一半是孩子的，一半是自己的
壮年期
一半是名利的，一半是自己的
老年期
一半是病魔的，一半是自己的
暮年期
一半是上帝的，一半是自己的
死亡后
一半是传说的，一半是土里的

男人的血性

活了一辈子
没有生死相托的兄弟
这不叫男人
活了一辈子
没有挺身而出伸张正义
这也不叫男人

喝了一辈子的酒
从来没醉过
这不叫男人
喝了一辈子的酒
每次都烂醉如泥
这也不叫男人

难道配得上男人的
只有侠骨柔情的项羽
那也不对
否则地球上的男人
早已绝迹

真正的男人
可以没有地位

可以没有金钱
可以没有爱情
什么都可以没有
唯独不能没有
男人的血性

男人的情怀

一个收废品的
坚持用一把破吉他
迎接清晨的第一缕曙光

一个卖肉的
每晚练毛笔字
参加了全市的书法比赛

一个拉煤的
业余时间练拳击
最后赢得了金腰带

一个送快递的
间隙还要踢几脚足球
梦想踢到世界杯

不管我们多么平庸
不管梦想是否成真
让人脱帽致敬的是
男人的情怀

那年的未来

未来
是生着翅膀的天马
行于空中
飘于云海

那年
顶天立地的英姿
站成亮丽风景一排
那年
沙哑或清脆的歌喉
唱响青春年少的情怀
那年
借半斤烧酒的胆识
有了指点江山的气概

为了未来
那年
我们气吞山河
我们情深似海
我们慷慨激昂
我们孤独徘徊

假如
假如时光可以倒流
我们的现在
就是曾经孜孜以求的未来

亲爱的朋友
请你来见证
那年的未来
有多少成了现在

曾经

曾经，年少轻狂
梦想长出一对翅膀
手搭弓箭
射落天际雄鹰的展翅翱翔

曾经，青春飞扬
在杨柳林中追逐春光
青涩懵懂
远眺白云醉卧在大堤上

曾经，莫名忧伤
呆望路旁的狗尾草
落花感伤
教室里涂鸦那无聊的文章

曾经，躁动彷徨
用书本掩藏双眼
偷看那爱慕的脸庞
只为把倩影存于心底
永不曝光

曾经，风干的过往
把它小心地夹在书中
在静谧的月夜里
装饰梦里人的窗上

常忆金猴山寨

常忆金猴山寨
漫山野花盛开
悠悠琴声
弥漫寂寞书斋
荆棘的柴门
只等你轻轻叩开
千年等待
绿了古寺竹海

遥望金猴山寨
松柏与薄雾相爱
一缕清风
诉说前世情债
泛黄的诗卷
独自为你翻开
拥你入怀
月夜聆听天籁

沉默的勇者

无意中的四目相对
你便留在我的眼里
我走到哪里
你的影子就跟到哪里
原谅我
自私地把你藏起

可恨的自知之明
我丢掉了最后的勇气
自卑的我
再也不敢去打扰你

你注定是
举足轻重的焦点人物
我注定是
可有可无的无名小卒

我很清楚
我只是自作多情
但我还是要做
属于自己的沉默的勇者
就这样
默默地爱着你

橡皮擦

把我擦掉吧
不留一点痕迹
把我擦掉吧
不留一丝记忆

擦去白云
天空多了点单调
擦去海浪
沙滩少了点激情

擦去声音
世界多了点安静
擦去容貌
脑海少了点牵挂

把我擦掉吧
不留一点痕迹
把我擦掉吧
擦成一团空气

淡淡的记起

有时热有时冷
有时远有时近
你的心思
我捉摸不定

我该前进
还是后退
你说的
我都愿意听

白天
面朝太阳奔跑
夜晚
背靠月亮歇停

在阳光下淡忘
在月光下回忆
淡淡的遗忘
淡淡的记起

别说相见恨晚时

你说
十年前遇见
一张洁白的纸
一幅迷人的画
一段优美的文字

你说
五年前遇见
一曲动人的歌
一首浪漫的诗
一处别样的风景

别说
请你别说相见恨晚时
青涩之后
以最好的心境
执手

遇见就已知足
别说
请你别说相见恨晚时
最精彩的剧情
总是留在最后

你对我太用心

谢谢了
谢谢你对我太用心
用心到有点别有用心
凭你的单纯
无法理解这个阴险的词
我也没资本值得你别有用心
哪怕你别有用心
只要你忍心
我也很甘心

谢谢了
谢谢你对我太用心
让我感觉很幸运
在这座城市待了几年
奉献的很多很多
得到的可怜可怜
我一直以为不公平
在离开之前
我突然读懂了
这座城市的大度
一个巨大的礼包
从天降临

爱的全部

写完一部诗集
以为弄懂了爱情

在全国巡回诗朗诵
赢得粉丝无数

痴情的少男少女
把我奉为爱的使者

爱是什么
一位懵懂的女孩突然提问

我一时语塞
陷入久久的沉默

我不想查字典
也不想去百度

我将用我的余生去寻找
爱的全部

红颜化诗（后记）

潘习龙

在本诗集写作过程中，另一位做出重大贡献的，应该是一个千年狐精。在诗集排版结束后，她突然冒了出来。她说听过我的课，请求微信添加。

我无意间把《等你》发给她。她突然说想“狗尾续貂”，闹着玩玩，写出了《别等》。这身手太可怕了，绝对是老手高手才有的做派。我问她：写诗几年？发表过哪些？能否给我看看？她狡黠一笑：“拜托，我是开花店的，哪懂什么诗啊！无非是在你的诗上换了几个词而已。”她是淄博人，蒲松龄的故乡，一个盛产狐狸精的地方。

千年狐精参与了《明眸》《红豆》《狐狸精》《我的情人》等诗歌的创作。因她好诗连连，出版时间一拖再拖。我问她的名字，她说太俗，不知道最好。期间，我到济南讲课，她说正好要过去参加“狐狸家族聚会”，可以顺道看我。但她爽约了，说还是不见的好。

我怀疑她是千年狐精，她愤怒地说：“你才是呢！男版的！”她传来一张为自己正身的照片，说右三就是她。这照片反而加重了我的疑心，这美态、这媚状、这妖态……哎，别说了，说多了让天下的男人想入非非。在她朋友圈，我没找到她的照片或任何信息，甚至没看到花店的广告。这千年狐精，不肯与我语音或视频，只肯留言论诗。我的天啊，我总感觉微信的另一端坐着一只大尾巴狐狸！

三十六行，行行出状元。当狐狸当到这个层面，神！

图书在版编目（CIP）数据

明眸/潘习龙，柯米著．—北京：中国人民大学出版社，2016.10
ISBN 978-7-300-23331-4

Ⅰ．①明…　Ⅱ．①潘…②柯…　Ⅲ．①爱情诗—诗集—中国—当代
Ⅳ．①I227

中国版本图书馆 CIP 数据核字（2016）第 199211 号

明眸
潘习龙　柯　米　著
Mingmou

出版发行	中国人民大学出版社		
社　　址	北京中关村大街 31 号	**邮政编码**	100080
电　　话	010－62511242（总编室）		010－62511770（质管部）
	010－82501766（邮购部）		010－62514148（门市部）
	010－62515195（发行公司）		010－62515275（盗版举报）
网　　址	http://www.crup.com.cn		
经　　销	新华书店		
印　　刷	天津中印联印务有限公司		
开　　本	890 mm×1240 mm　1/32	**版　　次**	2016 年 10 月第 1 版
印　　张	7.25 插页 1	**印　　次**	2024 年 6 月第 2 次印刷
字　　数	67 000	**定　　价**	55.00 元